荒地

T・S・エリオット　西脇順三郎訳

荒　地

「クーマエというところで一人の巫女《みこ》が甕の中にぶらさがって暮していたのを実際に私は目撃したからだ。街の少年たちはいうのだ『巫女さん、あんたは何がしたいのだ』巫女はいつも答えた『わしは死にたいよ』」

より巧みな芸術家

エズラ・パウンドのために。

I　死人の埋葬

四月は残酷極まる月だ
リラの花を死んだ土から生み出し
追憶に慾情をかきまぜたり
春雨で鈍重な草根をふるい起すのだ。
冬は人を温かくかくまってくれた。
地面を雪で忘却の中に被い
ひからびた球根で短い生命を養い。
スタルンベルガ・ゼー湖の向うから

夏が夕立をつれて急に襲って来た。
僕たちは廻廊で雨宿りをしてそれから
日が出てから公園に行ってコーヒーを
飲んで一時間ほど話した。
「あたしはロシヤ人ではありません
リトゥアニア出の立派なドイツ人です
子供の時、いとこになる大公の家に
滞在《とま》っていた頃大公はあたしを橇《そり》に
のせて遊びに出かけたが怖《こわ》かった。
彼は云った『マリア、マリア、しっかり
つかまって。』そしてすべって下りた。
あの山の中にいるとのんびりした気分になれます、

夜は大がい本を読み冬は南へ参ります」

このしがみつく根[一]は一体何んだ、
このじゃりの多い塵《ごみ》から、どんな枝が生えるというのだ。
人間の子よ、君には何も言えない、何にも
見当がつかないのだ、というのは君は
毀《こわ》れた偶像の山しか知らないのだ、そこには
太陽が照りつけ隠《かく》れ木には隠れ場もなく[二]
こおろぎの鳴き声を聞く慰めもない。
ひからびた岩には水の音もない。ただ
この赤い岩の下に影がある
(この赤い岩の陰へはいってこい)

そうすれば、朝君のうしろから大股で歩く
君の影でもなく、夕方君を迎えに出てくる
君の影でもない、違ったものを見せよう
一《ひと》つかみの骨灰で死の恐怖を見せてやろう

　さわやかに吹く風は 三
　ふるさとへ
　わが愛蘭《アイラン》の子よ
　何処《いずこ》に住むや。

『一年前あなたが初めて妾《あたし》に下さった
のはヒヤシンスの花、それから人に
ヒヤシンス娘と評判されました』
――でもあの時、貴女《あなた》が腕一杯花を

抱いて、髪を濡らし、ヒヤシンス園から
おそくなって一緒に帰ったのだが僕はもう
口もきけず、眼も見えず、生きている
のか死んでいるのか何もわからなかった
ただ光の中心を見つめ——寂情《じやくじよう》。
　海は荒涼として空《むな》しい[四]
有名な千里眼のソソオストリス夫人は
重い風邪をひいていたが、でも
ヨーロッパ中で一番賢い女として知られ
悪戯なトランプ[五]占いをする。「さア」と云った
これがあなたに出た札です。
溺死したフィニキア人の水夫です（ごらん

なさい、これがあの真珠の眼なんです）
化粧の美人ベラドナがいる、岩間の夫人
がいる、場面を演ずる女も。
これが三叉の竿をもつ男、これが車輪、
これが片眼の商人、それからこの何も
描いてない札はこの男が背負って
いるものですが見ると罰があたる。
あの絞殺された男は見当りません。
水死の相がありますよ。
ああ渦を巻いて歩いている群衆が見える。
どうも有難うございました。
エキトンさんの奥さんにお会いでしたら、

あたしが自分であの方の運勢図をもって
伺いますとおっしゃって下さい。
なにしろこの節は全く油断がなりませんからねェ

空虚の都市[六]
冬の夜明け、鳶色の霧の中を
ロンドン・ブリッジの橋の上を群衆が
流れたのだ、あの沢山の人が、[七]
死があれほど沢山の人を破滅させたとは思わなかった。
たまに短い溜息をついたのだ。[八]
どの人も足もとをじっと見ながら歩いた。
小山をあがり、キング・ウィリアム街を

下って、聖メアリ・ウルノス寺が
枯れた音を出して九時の最後の一打《ひとう》ち
を鳴らしてミサの時間を告げる方へと[九]
群衆は流れて行った。
そこで僕は知人を見かけたので、
『ステットスン』と叫んで呼びとめた。
『ミーラエの海戦に一緒に
艦隊にいたのは君だよ！
豊作のための模像の死骸を君は昨年
君の畑に植えたが、芽が出たかい？
今年は花が咲くだろうか？
それとも苗床が不時の霜にやられたのかい。[一〇]

オー、人間の友だが、犬を其処へよせ
つけないことだ、また爪で掘り出して
しまうだろうよ！
おい君！　偽善家の読者よ！　同胞よ兄弟よ！[二]』

Ⅱ　将　棋

あの女の坐る椅子は磨かれた王座[二三]の
ように、大理石の上で輝いた。そこの
姿見を支える柱脚の飾り細工は
実がなってる葡萄の蔓で、その中から
キューピッドが顔を出して覗《のぞ》いている。
（もう一人のキューピッドは翼のうしろに自分の眼をかくしていた）
鏡はあの七本枝の燭台の焔を二重に
照りかえし、繻子《しゅす》の小箱からふんだんに

注ぎ出た女の宝石のきらめきは
競うが如くそれと合流して、テーブルの上に反射した。
象牙や色ガラスの香水瓶は栓が抜かれ、
その中にひそんでいたのはその女の使う
異様な合成人造の香料、ねり油、粉、液体
——馥《におい》の中で感覚は乱され、混沌として
溺れた、窓からさわやかに吹く風に煽られ
香りは立ちのぼり蠟燭の火焰を肥やし
長びかした。焰の煙は格天井[一三]へぶつかり
その模様をかき乱した。
青銅の大洗盤のような煖炉の薪は
みどりに蜜柑色に燃え、色彩りの石に

囲われて、その悲しげな明りに彫られた海豚《いるか》が泳いだ。
古めかしい煖炉棚に飾られた絵は
まるで森の景色[一四]を見おろす窓のようだ。
あの野蛮な王様によって酷《むご》[一五]くも
夜鶯《ナイチンゲール》に変身させられたフィロメーラ姫の
物語[一六]の絵。まだその夜鶯の
侵す可からざる声はこの荒野に
響きわたった。
まだ鳴きつづけた、また人間は追うのだ。
「ジャッグ・ジャッグ」と醜悪の耳にはきこえる。
それからこの他にも現世の朽ち果てた切り株[一七]
の物語が壁にかかっていた。

けばけばしい姿が乗り出し、傾いて、
その部屋をうすきみ悪くとりかこんでいた。
階段の上に足をひきずって歩く音がした。
炉火の明りの中で、ブラッシをかけた
女の髪は解かれて火焔のように先が尖り
白熱化して言葉を発し、それからまた猛烈に静まるのだ。

『今夜は妾《あたし》、神経が高ぶって気分
が落ちつかない。そうよ、具合が悪いんです。
家にいて頂戴。話をして。どうして
しゃべらないの。何んとかおっしゃいな。
　何を思い出しているの？　何を考えて。何を。

何を考えているのかさっぱりわからない。
よく考えてごらん』

死人が骨をさらわれる
鼠の住む路地にわれわれは居るものと考える。

『あれは何の音だ』
戸の下の風だ。[一八]
『そらあの音は何んだ。風がどうしてるの。』
どうもしていないのだ。
『何も
知らないの。何も見えないの。

思い出せないの
何も？』
　思い出す
彼の眼は真珠だった[一九]。
『生きているのか、死んでいるのか？　あなたの頭に何もないのか？』
　　　　　　　　　　　　　　　　　　　　　しかしまあ
おー、おー、おー、おー、あのシェイクスピヒーア的ジャズ
——とても優美だ
　とても知的だ
『これから、どうしたらいいでしょう。どうしたら』
『妾《あたし》はこのままで飛び出します、髪を

さげたままで街を歩くのさ。明日はどう
しましょう。一体どうしましょう』
十時にお湯へはいる。

若し雨の時は、四時にセダン型自動車。
それから将棋[二〇]をやりましょう、
眼をみはって、戸にノックの来るのを
待ちながら。

リルの旦那が復員して帰る時あたしは
遠慮なくリルにそう云ってやったんだよ
時間ですお早く願います
アルバトが帰るんだから、少し奇麗な風をおしなよ。

あんたの入歯代だというので置いて
行ったあの金のことをきっときくよ。
あたしのいるところでアルバトは云ったろう。
リル、歯を皆《みんな》抜いて、入歯をして貰いな
ベラボウメおめえの面なんざみっとも
なくて見られやしねえと云った。
あたしもそうだよとあたしは云った。
気の毒にアルバトのことを考えな。
四年間も兵隊に行ってたんじゃねえか
少しは楽しく暮したいんだよ。
あんたが少し嬉しがらしてやらねえと
他に女が出来るだろうからとあたしが云った。

そんな女がいるのかいとリルが云った。
まあそんなところだとあたしが云った。
誰か知らねえが会ってお礼がいいたいとリルはそういってあたしをにらみつけた。
時間ですお早く願います
それがいやなら、うまくやりなよとあたし
が云った。あんたが出来なければ
他の女が勝手に手を出すよ。
あたしがこんなにあんたに教えてやっても無駄だろう、アルバトは逃げる時は逃げるん
　だろうから。
ばあさんのように見えるのはみっともないよ
（ところでリルはわずか三十一歳）
しょうがねえよとリルは云って

いやな顔をした。なにしろ
おろすために飲んだ薬のせいなんだもの
とリルは云った（もう五人の子供があり、
またジョージを産む時死にそこなった）
薬屋さんは大丈夫だと言っていたのだ
けど、それからずうっと身体《からだ》の調子が本当じゃなかったのよ。
あんたは本当に馬鹿ねとあたしは云った。
なにさあ、アルバトがあんたを捨てたく
ないというなら、それで結構とあたしは
云った。子供がほしくないなら
何のために結婚なんかするのか。
時間ですお早く願います

ウン、アルバトが休みで帰ったあの日曜日
あぶりたてのベーコンをつくって
あたしを招んでほやほやのうまいところを
たべさせてくれたっけな――
時間ですお早く願います
時間ですお早く願います
お休みビル。お休みルー。お休みメイ。
お休み。
どうも、どうもありがとう。お休みなさいませ。
お休みなさいませ皆さん奥さん、お休み
なさいませ奥様方皆さん、お休みなさい
お休みなさい。

Ⅲ　火の説教

河畔にあるテントはもう取りこわされた。
秋の葉っぱがからみついて、濡れた土手の下へ沈む。風は
音もなく、鳶色の野原をよこぎる。
あの妖女たちは去ってしまった。
美しのテムズよ、静かに流れよ
わが歌の尽《つ》くるまで。
もう河の上には浮いていない[二]
あの空瓶《あきびん》もサンドウィチの紙も

絹のハンカチフもボール箱もシガレットの吸殻も、また夏の夜をしのぶ他の証拠品も。
あの乙女たちは去ってしまった。
またその男の友達の市内の重役の御曹子の
のらくらものの連中も去ってしまった。
宛名も置かずに。
われレーマンの水辺に坐り涙を流しぬ……
美しのテムズよ、静かに流れよ
わが歌の尽くるまで
美しのテムズよ、静かに流れよ
われ声高くも長々しくも語らざれば。
そうはいうものの、僕のうしろで
寒い風につれて骸骨がすれ合う音が

して、くすくす笑う声が耳から耳へ伝わった。
一匹の鼠が土手の上を植物のしげみ
の中を通ってぬらぬらお腹をひきずって
静かに這った。
わしはその時どんよりした運河で釣り
をしていた。冬の夕方であった。
ガスタンクのうしろへ廻って釣りをしていた。
わしの難破した兄の王のことやそれ以前に
失くなった父の王のことを冥想しながら[三]。
裸の死骸が低い沼地の中で白くさらされたり、
小さい低い乾いた屋根裏に捨てられた
骨は毎年鼠の足でカラカラ鳴るばかりだ。

ところが今は僕のうしろの方で時々自動車や[二三]
警笛の音がきこえる、[二四]
そうした自動車で、春になると
スウィーニイという男がポータの細君のところへ出かけることになる。
オー、月がポータの細君とその娘[二五]
の上に輝いた
ソーダ水の中で彼等は足を洗った。
円天井の寺院で歌う少年唱歌隊の声よ[二六]
チョッ　チョッ　チョッ
ジャッグ　ジャッグ　ジャッグ　ジャッグ　ジャッグ　ジャッグ
酷くも変身させられて。

テーレウー

空虚の都市
冬の正午、鳶色の霧の中で
スミルナの商人、不精ひげをはやした
ユーゲニデス氏は、ポケットに一杯
乾葡萄をつめて、ロンドン渡し運賃保険料[二七]
込みの一覧払手形を所持していたが
俗悪のフランス語で、僕を
キアノン街ホテルのランチに誘った
週末はメトロポール・ホテルでやることにして。

すみれ色の時刻
眼も背中も机から離れて上の方を向く、
人間の発動機は、待ってるタクシイの
ようにゴトゴト動悸をうっている時に
わしはティーレシアス[二八]といって盲目であるが
男と女の二つの世界の間に生きて
いる萎《しなび》れた女の乳房のある老人だ。
このすみれ色の時刻になると
家路を競う時が眼に見える
漁夫が沖からもどる時が。[二九]
お茶時に帰ったタイピストは朝飯を
かたづける、ストーヴに火をつけ

罐詰の食料をひろげる。
窓の外へ危険にもひろげた
コムビネーションのパンツは
夕陽の最後の光りに触れている。
長椅子（夜は彼女のベッド）の上には
靴下やスリッパ、ジャケツ、コルセットが
堆積している。
萎れた乳房の老人ティーレシアスなる
わしはそうした情景が感覚できたし、
それから後《あと》のことも皆予言したのだ。
わしもまたここへ遊びに来る客を待ってた。
あのニキビのある紅玉のような青年

の彼氏がやって来るのだ。
彼は家屋周旋屋の勤人で無作法に
人を見つめる癖があり、
ブラッドフォドの戦争成金が被る
シルクハットのような図々しさがある
覚束ない下等な連中の一人だ。
こいつはいい機会だと己惚《うぬぼ》れた。
食後女は退屈になった。
女を愛撫に引き込もうと努力する。
それは望むことではないが、　まだ
たしなめもしないのだ。
顔を赤らめ決心して、　すぐ襲う。

探る手は如何なる防備にも遭遇せず。
彼の己惚は何等の呼応を必要とせず
無関心を恣に悪用するのだ。
（わし、ティーレシアスはこの長椅子
或はベッドで行われるすべての事は
予め許しておいたのだ。わしは
テーベ市のわき城壁の下に坐して
最下等な死人の中を歩いたことがある）
旦那気取りの別れの接吻を与えて
手さぐりで帰るのだ、階段には明りがなかった……
女はふり返って鏡をちょっと見る
愛人の退去を殆ど気づかないで。

一つの淡い考えがうっかり女の頭に浮んだ――
『やれ、やれ、まあまあこれで済んでよかったわ』
美しい女が浮気をしてから[三〇]
一人で室の中を歩きまわる場合は
自動的に手で髪を撫でつけたり
蓄音機にレコードをかけるのだ。

『この音楽は波にのり我が傍《かたわら》を這い[三一]』
ストランド街からヴィクトリア女王街
を上って漂い去った。
オー・ロンドンの商業街、下《しも》テムズ街の
居酒屋のわきで美しい哀れなマンドリンの

泣く声がきこえる、また昼時には漁夫の
たまり場から騒々しい笑声と雑談が
きこえる。そこではマグヌス・マーター寺[三二]
の壁が壮麗なイーオニヤ式の純白と
黄金の言い難い美を保存している。

河は油とタール[三三]
の汗を流す
荷舟は変る潮につれて
漂流する
ヨットの赤い帆は
十分に開いて

風下に立って重い檣《ほばしら》の上で揺れる
荷舟はアイル・オヴ・ドッグズ区を過ぎ
グリニッジ岬《みさき》を下って
漂う丸太を流す
　ウェンヤラホイ
　ウェンヤラホイ
エリザベス女王とレスター伯[三四]
波をうつ橈《かい》の音
艫《とも》に御坐所があった
金色の貝の船
紅に金
泡立つうねりは

両岸に小波をうちよせた
西南風は
鐘の響を
下流へ運んだ
あれ白い塔が
　　ウェンヤラホイ
　　ウェンヤラホイホイ

「電車、ほこりの木々。
ハイブリはあたしを生んだ。
リッチモンドとキューはあたしを亡《ほろぼ》した。[三五]
リッチモンドのほとりであたしは

細長い丸木舟の床に仰むけに
なり膝を立ててよこたわった」

「あたしの足はムアゲートに立ち
あたしの心は足でふみにじる。
事件のあと
彼は泣いた。『新しい発足』を彼は約した。
あたしは何も批評しなかった。
何をか怨まん。」

「マーゲートの海浜で。
何が何やらくくりがつかない。

汚れた手の裂かれた爪。
家《うち》の人達は賤しく何も期待しない」

　ララ

それから我れカルタゴに来たれり[三六]

燃える燃える燃える燃えている[三七]
オー天主よあなたは私を救い出されます[三八]
オー天主よあなたは救い出されます

燃える

Ⅳ 水死

フィニキア人のフレバス、死んで二週間、
鷗の鳴き声も、また深海のうねりも
商売の損得も忘れてしまった。
　　　　　　　海底の流れは
ひそひそと死骸をバラバラにした。
浮き沈みして遂に渦へ巻き込まれるまで
老いの日若き日のことなど次から次へと
彼は憶い起した。

異教徒でもユダ教徒でも
舵をとり風上へ向く者は誰でも
かつては美男で人なみに背も高かった
フレバスを考えよ。

V　雷神の言葉

汗ばむ顔を赤く照らす松明《たいまつ》
霜夜の庭の静けさ
岩地の苦悩
その後あの叫び声あの泣き声
牢獄、宮殿、反響
遠くの山を越え春の雷の。
生きていた者は誰も死んでしまった
生きていた我々は今は死にそうだ

ここしばらく我慢して待つのだ

ここは岩ばかりで水がない
岩があって水がないあの砂路
路は山の中へとくねってのぼる
山は水のない岩山だ
水があれば、休んで飲むのだ
岩の中では休むことも考えることも出来ない
汗は乾く足は砂の中に
岩の間に水だけあっても
腐蝕した歯の死の山の口では水が吐けない
ここでは立つことも、ころがることも

また坐ることも出来ないのだ
山の静けさすらない
雨を降らさない不毛な雷がなるだけだ
また山の孤独すらない
だが赤い無愛想な顔を
割れた泥壁の家の中から突きだして
せせら笑い啀《いが》むのだ

水があって
岩がなかったら
岩があり、水もあったら
水は
泉が

岩間の水溜りか
水の音さえあったなら
あの蝉の声でなく
枯草の鳴る音でもなく
岩をとぶ水の音が
そこには松林で隠者鶫《つぐみ》[三九]が鳴く
ポトッ　ポトッ　ポト　ポトポト
だが少しも水がない

君達の傍にもう一人がいつも
歩いているがそれは誰だ？
僕が数えると君達と僕だけだ

あの白い路の先方を見あげると
君達と一緒に歩いている他の人が
いつも一人いるのだ
鳶色のマントに身をつつみ
頭巾をかぶって音もなく歩いている
男か女かわからないが[四〇]――
君達の向う側にいるあの人は誰だ?

上空に響くあの音は何だ[四一]
母性の哀悼の泣声
限りなくつづく平野に一杯
群がるあの頭巾を被った群衆は

一体何者だ
平坦な地平線にだけ囲まれ
割れた地上につまずきながら行くのは
山の向うにある都市は何だ
割れたり改革したりまた紫の夕陽に
破裂するのは
倒れる塔
エルサレム、アテネ、アレキサンドリア
ウィーン、ロンドン
空虚な

或る女は長い黒髪を強《きつ》く張って

それを琴糸にしてささやきの言葉をひいた
紫の夕空に赤ん坊みたいな顔の
蝙蝠《こうもり》は囀り羽ばたきをし
黒ずむ壁の下へさかさになって這い込んだ
顚覆する数々の塔は
ミサの時間を告げた鐘は
名残りの鐘を鳴らすのだ
ひからびた貯水池や水のつきた井戸
から歌う声がする

山の中の、この朽ちた谷間
かすかな月明り

礼拝堂をめぐらす墓地は崩れ
草はひゅうひゅうと鳴っている。
あれは空《から》の礼拝堂、風の家にすぎない。
窓がない、入口の戸は動揺する。
枯れたる骨は人を害せず。
ただ一羽の雄鶏が棟木《むなぎ》にとまって
稲光のきらめきに啼く
コーコーリーコーコーコーリーコー
それから、しめっぽい風が俄に吹く
雨をもってくる

ガンガ河は底が見え、うなだれていた

木の葉は雨を待ったが、今は遠くに
ヒマラヤの山に黒雲がかかった。
密林は音もなく蹲《うずくま》ってしゃがんでいた。
その時雷神は言った

ダー

ダッター、捧げよ。[四二]
だが我々は何を捧げたのか？
友よ、心を動揺させる血液を捧げよ
一瞬の情慾にかられるあの恐ろしい冒険を
分別ある年齢の人でも慎めぬ情慾を
このことによって、このことによってのみ
我々は実存して来たのだ

それは死者略伝の中にも出ていない
また慈悲深い蜘蛛が巣をかけた[四三]遺芳にも
また死に絶えた家で痩せこけた弁護士が
開封する遺言状の中にも出ていないのだ

ダー

ダーヤズワム、相憐め。僕は一度
室が鍵でしめられるのをきいた
ことがある、[四四]ただ一度だけ
我々は皆自分の牢獄で鍵のことを考える
鍵を考える時我々は皆牢獄にいることを
確認するのだ
夜が来た時だけ天使のささやきが聞える

のでコーリオレーナスのような没落の
英雄を少しの間憶い出すのだ
ダー
ダーミヤター、己れを制せよ
舟は帆と橈《かい》に熟練した人の手には
調和して愉快に走るのだ
海が穏かな時には、人の心は乞われる
ままに、統制の手に服して鼓動し
楽しく調子を合したに違いない[四五]
　　　　　　　僕は岸に腰かけて
釣りをしていた。あの乾き切った平野を背中にむけて

せめて自分の土地だけでも規律を
つけてみましょうか
ロンドン橋は落ちそうだ落ちそうだおっこちそうだ
それから彼は浄火の中へ身をかくした[四六]
いつわたしは燕のようになれるだろうか[四七]
——おお燕　燕
廃墟の塔にいるアキターニア公だ[四八]
これ等の断片で僕は自分の廃墟を支えてきた
そんならあなたのいう通りにしよう
ヒーロニモーはまた気が狂った[四九]
ダッター　ダーヤズワム　ダーミヤター
　シャーンティス　シャーンティス　シャーンティス[五〇]

原註

この詩の題のみならずその計画も、及びこの詩に付帯する象徴の大部分も聖杯物語に関するジェスィー・エル・ウェストン女史の著作『祭祀からロマンスへ』（ケィムブリッジ）に暗示されたのであった。実は、この書に私は非常に深く負うているので、この詩のわかりにくい点を私自身が註解するよりも、ウェストン女史の書の方がよりよい解説を与えることであろう。であるから（その書物自身のもつ非常な興味と別に）この詩をそういう方面から解説の労をとってもよいと思う人達には私はこのウェストン女史の書をおすすめする。また私が一般に負うところの多かったのは原始文化研究の他の書物である。それは吾々の時代に深い影響を及ぼした書物で『金枝』*Golden Bough* という。なおまた、特に『アドーニス、アティス、オーサイリス』の二巻本を使用した。これらの著作に精通されている人達は皆、この詩の中で或る箇所が植物祭りに言及しているということを直ちに感づかれるものと思う。

I　死人の埋葬

一　旧約、以西結書二章一節参照。

二　旧約、伝道之書一二章五節参照。

三　『トリスタンとイソルデ』一幕五―八行。

四　同書三幕二四行。

五　「タロット」というカルタの組立ては正確には知らないが、自分の便宜上明らかにもじったところがある。その伝統的なカードの一つに「首をつられた男」があるが、私はそれを二つの方面で利用した。先ずこのカードの男はフレイザーの研究になる「首をつられた神」に連想があり、また第五部の弟子達のエマオへの旅に現われる頭を覆う人物にも連想をもつ。フィニキア人の水夫と商人があとから出てくる。また「群衆」と水死とは第四部でも取扱っている。（タロット式カードの伝統的な人物）である「三叉の竿をもつ男」を「漁夫王」自身に、私は独断的に連想した。

六 ボードレールの
　　うようよする都会、夢に充満する都会、
　　そこでは真ひるに幽霊が通行人にとりつく
参照。

七 『神曲』地獄篇三曲五五―五七行。
　　意外にも多数の死人の長い行列。
参照。

八 『神曲』地獄篇四曲二五―二七行。
　　ここには願いのかなう告訴は一つもなく、
　　ただ永遠の空をおののかす歎息ばかりであった。
参照。

九 私がしばしば注目した一つの現象。

一〇 ウェブスタの悲劇『白い悪魔』参照。

一一　ボードレール『悪の華』の序。

Ⅱ　将棋

一二　シェイクスピアの『アントニイとクレオパトラ』二幕二場一九〇行参照。

一三　「格天井」ヴァージルの『エーネアス物語』一巻七二六行。
黄金の格子細工の天井から燈火がさがり、
ひらめく松明《たいまつ》は夜を追放する。

一四　「森の景色」ミルトンの『失楽園』四巻一四〇行。

一五　オヴィッド『メタモルフォーセス』六章フィロメーラの話。

一六　本文二八頁一〇行参照。

一七　本文二七頁一二行参照。

一八　ウェブスタの
あの戸口にまだ風が吹いているか

参照。

一九　本文八頁一一行及び九頁一二行参照。

二〇　ミドルトンの『女は女を気をつける』の中にある将棋の遊び参照。

III　火の説教

二一　スペンサーの『結婚歌』参照。

二二　シェイクスピアの『テムペスト』一幕二場参照。

二三　マーヴェルの『はにかむ女へ』参照。

二四　デイの『蜂の会議』

　みみかたむけていると、
急に角笛を吹き猟りする音が、
アクテーオンを泉に浴すダイアーナへさそい出し、
そこで皆は裸の女神を見る時分に……

参照。

二五　これらの諸行を取ってきた俗謡の原本は知らないが、オーストラリアのシドニーから報知を受けたのだ。

二六　ヴェルレーヌの『パルシファル』参照。

二七　乾葡萄は「ロンドンまで運賃と保険なし」で相場が付けられていた。それから船荷証券などは一覧払いの手形の支払いの時に買手に手渡されることになっていた。

二八　ティーレシアスは実は、詩中の「登場人物」ではなく単に傍観者として出しているのであるが、最も重要な役割をつとめているというのは、他の人物をも結合してもたせているのだ。丁度あの乾葡萄売りの一ツ眼の商人がフィニキア人の水夫の中へも溶け込んでいるし、またその水夫はナポリの公爵のファーディナンドとも完全に区別が出来なくさせているように、ここに出てくる女は皆一人の女に総合させて考えることも出来、またティーレシアスの中に男女の両性を合致させている。実はティーレシアスの観察することはすべて、この詩全体の主要部分ともなるのだ。オヴィッドからの引用全文は原始文化研究として非常に興味あるものだ。

……話によると、或る時、ジョーヴの神は酒に酔って、朗らかな気持になって、つれづれのままに、ジューノーの女神に冗談を言いかけた。「房事に関してはあなた方女の快楽の方が男が感じる快楽よりも大きいと思う」。しかし女神は正反対の意見であった。それでその判断は賢明なティーレシアスにやってもらうことにした。彼は房事については両方の側のことを知っていた。かつて、彼はみどりの森で交合している二匹の大きな蛇を棒でなぐりつけた。そうすると、驚くべきことには、ティーレシアスは男から女になってしまった。その後七年間女として暮した。八年目に彼はまた同じ蛇を見た時に言った。「お前たちをなぐったことは、なぐった人の性を変えてしまうという魔力をもっているのだから、わしは、もう一度お前をなぐってみよう」と言いながら、蛇をなぐりつけたところが、また生まれた時の性と同じ男にもどった。そこでティーレシアスはその神々の冗談の論争を裁くことを依頼された時はジョーヴの神の方へ味方した。そうすると、女神はことの如何にもかかわらず、意外にも怒って、その裁判者を一生めくらにしてしまった。けれども（神がなしたことを他の神がこれを取消すことが出来ないので)、全知全能のジョーヴの神はティーレシアスの失明を気の毒に思って、その代りに未来を予言する力を与えた。そうした名誉によってその刑罰を軽減したのであった。

二九　この行はサップホーの詩として正確に出したのでなく、日暮に帰る「近海」漁夫または「平底軽舟」による漁夫を考えていたのだ。

三〇　ゴールドスミスの『ウェイクフィールドの牧師』中の歌。

三一　『テムペスト』前掲と同じ。

三二　聖マグヌス・マーター寺の内部は自分の考えでは、レンの建造になる寺院の内部で最も美しいものの一つである。『都内十九箇所の教会の取毀しに関する建言書』(ピー・エス・キング社出版)参照。

三三　(三人の)テムズ河の娘の歌はここから始まる。本文三七頁八行から三九頁二行まで彼等は交代に話す。『神々の薄明』の三幕一場「ライン河の娘」参照。

三四　フルードの『エリザベス』の第一巻四章中にある「スペインのフィリップに寄せたデ・カードラの手紙」。「午後私たちは屋形船に乗って水上の競技を見物していた。

（女王は）ひとりロバート卿と私自身と一緒に船尾におられた。その時雑談が始まった。ロバートは遂に口をすべらせて、私のいるところで、女王がお召しなら結婚しても差支えないと言った」

三五 『神曲』煉獄篇五曲一三三行。

　ラ・ピーアである私のことを思い出してくれ。
　シエナは私を生み、マレンナは私を殺した。

三六 聖オーガスティンの『信仰告白』の中の「私はそれからカルタゴへ来た、そこでは私の耳のところで不浄な色欲の大鍋がやかましく煮え立っていた」参照。

三七 仏陀の『火の説教』（これはキリスト教の山上の訓戒に当る重大なものである）からこれらの言葉を取ってきた。その完全なテクストは故ヘンリ・クラーク・ウォレンの『仏教翻訳』（ハーヴァード東洋叢書）に出ている。ウォレン氏は西洋における仏教研究の偉大な先駆者の一人であった。

三八 聖オーガスティンの『信仰告白』からまた取ったもの。東洋と西洋の禁欲主義の二つの代表的なものを並べてみたのであったが、これはこの詩のこの部分の終極の目的を表現するためにしたことで、決して偶然に並べたのではない。

V　雷神の言葉

第五部の前の方で三つの問題を取扱った。エマオへの旅、「危険な礼拝堂」（ウェストン女史の書参照）への山道及び東ヨーロッパの現今の廃頽。

三九　これは Turdus aonalaschkae pallasii というツグミの類でクェベック地方で私はその鳥の鳴き声をきいた。英語で Hermit-Thrush という。チャップマンはその書『西北アメリカの小鳥便覧』の中で「この鳥は人里はなれた森林地や藪の多い僻地に巣くう。その鳴き声は単調で声量もない。しかしその清美な調子や転調は天下一品である」。その「水の滴るような鳴き声」は正に褒美すべきものだ。

四〇　この数行は或る南極探検の記事から暗示されたもの（忘れたが、確かシャクルトンのものだと思う）。探検家が極度に疲労すると、実際の人員数より一人だけ多くいるような妄想を絶えず受けるものだと語られていた。

四一 ヘルマン・ヘッセの『混乱への一瞥』——

「ヨーロッパの半分は既に混乱状態に向っている。少なくとも東ヨーロッパの半分はそうである。神聖な妄想にかられ奈落のふちを歩きながらなお且つ歌っている。ドミトリ・カラマーゾフが歌ったように酔って讃美歌を歌っている。この歌を聖者や予言者は涙を流してきく、町人は侮辱を感じ笑っているのだ」参照。

四二 「ダッター、ダーヤズワム、ダーミヤター」（捧げよ、同情せよ、自制せよ）。雷神の真義の寓話は『ウパニシャッド』の五の一の「ブリハダラニヤカー」の中にある。この翻訳はドイセンの『ヴェーダのウパニシャッド六十篇』四八九頁にある。

四三 ウェブスタの『白い悪魔』五幕六場。

うじ虫が屍衣を喰わないうちに、
蜘蛛が墓碑銘にうすい膜をはらないうちに、
彼等はすぐ再婚するだろう

参照。

四四 『神曲』地獄篇三三曲四六行。

とざされた恐ろしい、塔の開く音が下の方
からきこえてきた

参照。

またF・H・ブラッドレイはその『現象と現実』の三四六頁に言う。「私の外面上の感覚は自分の考えることや感じたことと等しく自分には個人的なものだ。いずれにしても、自分の経験というものは自分自身の圏内に属するのであって外面の世界と直接に接している一つの圏内である。そして、圏は皆同等にそれ自身の要素から出来ているのであるけれども、どの圏も、それを囲む他の圏には互いに不透明なものである。……簡言すれば、一個人の霊《こころ》の中に現われる一つの存在物として見做される全世界というものは個々の人にとってはその人の心に独特なものであり、極めて個人的なものである」

四五 ウェストン女史の書『祭祀からロマンスへ』の「漁夫王」の章参照。

四六 『神曲』煉獄篇二六曲一四八行。

「さて私は、私を階段の頂きまで導いて下さった
善に誓って祈るのだが、
私の苦悩についてやがては考えて下さい」
と言って、彼はその時彼を清める火の中へ
かくれてしまった。

四七　『ヴィーナス前夜祭』。その第二部と第三部にあるフィロメーラの話参照。

四八　ジェラール・ド・ネルヴァルのソネットの『エル・デスディカード』。

四九　キッドの『スペインの悲劇』。

五〇　シャーンティス（心の平和あれ）。『ウパニシャッド』の終りにつく紋切り形の言葉であるが、ここにつけたようにくり返されている。英語でいう「理解を超越する平和」がこの言葉に当る。

註解

表題 *The Waste Land* はマロリの「モルト・ダーサー」の第一七巻第三章中にある言葉であるが、これを「荒地」と訳したのは、この訳語が以前から日本の詩人の間で通用されているからである。

表題のすぐ後に引用されている文はペトローニウスの「サテュリコン」中の第二部「トリーマールキオーの饗宴」中にある。またエズラ・パウンドの敬語としてつけられた「より巧みな芸術家」という言葉はダンテの「神曲」の煉獄篇二六章一一七行にある。

この詩は特に読者にとっては読みにくいものであるが、作者自身の註解を同時に読んで行く必要がある。作者はヨーロッパ文学のあらゆる方面から暗示を受けて書いた学者である。「文学から文学を生みだした」場合の代表的作品である。また彼は時々ジェイムズ・ジョイスのように「意識の流れ」というやり方で書いたということは読者にとっては難解な点となっている。しかし全体として最も難解でありまた最も訳しにくい点はこの詩全体が象徴詩であるということである。なお私見であるがエリオット氏はこの詩に関して近来稀れにみる parody の詩人でもある。この点からみても、この詩が現代最大なシャレた詩であるということにもなる。

この詩は一つの話の形をなしている一つの小説のようなもので、純粋な創作品である。いろいろの挿話から出来ている。また話の運び方は「意識の流れ」という様式でかかれているから、普通の小説を読むようには明解でないのは当然である。この詩全体の話はそれ自身には統一のある一つの話の筋というものがない、単にいろいろの挿話《エピソード》が「意識の流れ」として連続されているにすぎない。ただ死、性、復活というテーマがくりかえされていると考えてみてもよい。

この詩の表題は荒地とか不毛の地というのであるが、それはアーサー王物語の中に出ている一つの話の中に剣のたたりで或る王の国に悪疫がおこり、穀物も果実も実らなくなり、水に魚もいなくなり、不毛の地となったという挿話がある。エリオット氏のこの詩に対する精神的な象徴は第一次大戦後ヨーロッパの世界にキリスト教的道徳が衰微したことを暗示し、なお正しいキリスト教社会の改革を祈ることである。

しかし詩人としては、やはりただそれだけの思想をのべるばかりでなく、詩としての芸術をも表現しようとしている。詩の美は昔から遠いものを連結することによって詩的構成を目ざしている。これは西洋詩の伝統であるが、それを一つの詩的活動の重大な仕組としている。現世と永遠の世界とを連結し、過去と現在、古代と現代、インド文学と英文学仏文学などを連結し、非宗教的なものと宗教的なものを連結し、宗教的清純と道徳的な堕落とを連結し、ダンテもロンドンと連結し、『美しいものと醜悪なものとを、また情緒的な情熱と通俗的なものとを連結するという極く簡単な仕組が彼の詩的構造の根柢となっている』（ブラッド・ブルック『T・S・エリオット』参照）。

もう一つ彼の詩の根柢にある象徴的な考え方は、当時D・H・ローレンスなどにも影響を与えている原始文化研究として知識人の間に流行したものである。それはフレイザーの「魔術と宗教の研究——金枝」という新しい古代原始文化研究である。特にこの詩のテーマになっているものは、穀物の神の古代宗教とその祀りの形式である。その一例として古代エジプトに行われていたオーサイリスの信仰について紹介することにする。この神は主として穀物の神であって、この神を祀ることは豊饒を祈る祭りであった。初め生贄《いけにえ》としての死があり、それが復活して穀物が生えるという形式がその祭りの様式になっている。オーサイリスの神の似像を造って、それを生贄として、手足を切りとり殺し、それを地に埋め（一二頁――豊作のための模像参照）それから復活となり豊饒の象徴となる。原始文化研究によれば、或る民族には、穀物の神として王をずだずだに手足を切り生贄とする習慣があったが、その後オーサイリスのように似像を王の代りに使用するのであった（『金枝』第三巻五章参照）。オーサイリスの似像は藁人形で造った場合もある。

オーサイリスは他に樹木の精としても取扱われた。また豊饒神でもあるから男根崇拝にも関係がある。また生贄の神であるから神であると同時に復活の神でもあった。

また本詩（八頁）に出ているヒヤシンスの花について言えば、古代ギリシアではヒヤシンスという神話の伝説の青年が死と復活の象徴を示すとして祀られていた。またエリオット氏がこの詩を作る背景として恐らく影響を受けたと思われるのは、中世ラテン圏の文学研究者エズラ・パウンドであろう。この詩が彼に献じられている。エズラ・パウンドの関係で、彼は後期のラテン文学や中世の伊太利文学（特にダンテ）をこの詩の背景としている。またグリアスン氏のジョン・ダンの研究に影響されたのか、彼はダンの詩に興味をもち、また現代の青年間にダンの流行を興した。また彼の詩の中にダンの連想が所々に出ている。

エリオット氏は一九世末のフランスの印象詩に興味をもち特にボードレールやヴェルレーヌなどはこの詩の中に出てくる。彼はまた英国のエリザベス時代の劇文学に興味をもち、論文もあり、また詩の中にも沢山、かくされた引用がある。

この詩は五つの挿話《エピソード》からなり、一つのテーマを奏でている。しかし一つの話の筋の道程ではない。ボードレールの「巴里の憂鬱」のようにいろいろの場所やモーティフやムードを物語っている挿話が並べられているにすぎない。いわばロンドンの憂鬱というようなところである。

Ⅰ　死人の埋葬

※「四月は残酷……ひからびた……」四月の月の情景であって、チョーサーの『カンタベリ物語』の序曲を連想させる。しかしその月は悩ましい月で春のめざめで、寧ろ残酷に思わせる月だ。これに反して冬は地中の世界で静かな季節であるとして考えられている。そしてこの節のテーマとしては死と復活の最初の暗示である。

※「地面を雪で……夜は大がい……」この詩の中の主人公らしいものが「一人称」で「意識の流れ」の形式で追憶を述べている。

ドイツ・バヴァリア州の首都ミュンヘン市から五〇粁《キロメートル》ほどのところに、スタルンベルガ・ゼーという湖水があり、その湖水畔にスタルンベルヒという町があり、保養地として有名。神経痛療養所があり、温泉地である。詩中の主人公はそこに遊んでいた時に、ドイツのある娘と談話をした。その娘の話が追憶となって主人公の頭に浮ぶ。

この詩全体を通じて水に関するテーマが多いことはジョイスの『フィネガンズ・

ウェイク』に似ている。

※「大公」とあるのはバヴァリアの大公のことで、そこには大公の別荘もあった。「公園」とあるのは大公の屋敷のある公園のことである。

その娘の言った会話は原文では直接話法で書かれてあり、引用符「　」がついていないけれども、訳者は、読者にわかり易いために特に引用符をつけておいた。これは本当は正確な訳文ではない。この詩には直接話法と間接話法との区別をせずにいるために源氏物語が解説にむずかしいように、非常にむずかしくなる。けれども作者は求めて、この混乱を敢えてしたことは「意識の流れ」として追憶の浮んだ通りに書いて行ったからである。

次になぜ、このドイツの旅行の追憶が書いてあるか、おそらく、ルーパト・ブルックという詩人のその有名な「グラーンチェスター」という詩は、やはりドイツの旅行からの追憶である。またその詩の初めに英国でリラの花の咲く思い出もある。作者は確かにこの詩の初めは、このブルックの詩の連想で書いている。そして、この詩がブルックの詩に対して、一つのパロディーになっている。よくいえばブルックに対して先ず敬意を表していることにも解される。

※「このしがみつく根……一《ひと》つかみの……」初めて荒地のテーマが現われてくる。そして死の暗示をしている。復活のない本当の死を暗示する。「一つかみの骨灰」という言葉を題にしてイーヴリン・ウォー氏が小説を書いた。

※「さわやかに吹く風……海は荒涼として……」急に調子が恋愛と死の問題となる。初め四行の歌はヴァーグナーのオペラ『トリスタンとイソルデ』の初めの水夫の歌から取ったもの。恋愛の精神昏迷と失恋の死とが結合されている。それは一つの死のテーマを恋愛の関係に求めたのである。

※「ヒヤシンス娘」というのは先に述べたヒヤシンスの豊饒の神の死にたとえたのである。荒涼たる海は荒地に等しいもので、不毛の海ということを暗示し、トリスタンの死は穀物神の死を暗示する。

※「有名な千里眼……なにしろこの節は……」千里眼の女の話と、その女がトランプでトリスタンとイソルデの恋愛と「ヒヤシンス娘」とその愛人との恋愛を技巧的に混入した。

占いをするエピソードがあるが、そのカルタは「タロット」といって、その元はエジプト農民のもので、今日でもジプシーが占いに使用するといわれている。

この節はやはり死のテーマである。「溺死したフィニキア人の水夫」は水死の例であるが、豊作神として、その模像を海へ投げこむという古の祀《まつ》りがあった。「三叉の竿をもつ男」は「漁夫王」といって豊饒神として殺される王を暗示する。「絞殺された男」というのは「首をつられた神」のことで、豊作神として殺されることを暗示する。それで「見当りません」と言った。それは第五部の「頭巾をかぶって……男か女かわからない……」にあるようにキリストのエマオへの旅のことを暗示し、この千里眼の女には見えなかったことを示す。

※「ベラドナ」というのは、美しい女という意味と毒草「ほおずき」という意味もある。

※「岩間の夫人」はダヴィンチの作の名から取った。「悲劇の女」はクレオパトラやダイドーの話を暗示する。これは皆 Pater の Mona Lisa の説明を暗示する。いわゆる近代精神の謎を暗示する。

※「車輪」というのは仏教などの輪廻を意味する。「ベラドナ」も「岩間の夫人」も

「場面を演ずる女」もともに子を生まない不毛の地のような女の恋である。

※「空虚の都市……おい君！　偽善家の……」この節は廃頽した都市の憂鬱を取扱って、やはり死のテーマである。ボードレールの七人の長老中のパリの憂鬱な景色にかたどったものと思う。

ここでも作者は現在の人間と過去の出来事を連結して詩的境地をつくろうとした。ロンドンの朝、サラリーマンが群衆をなして都心に向って流れこむ景色を、ダンテの『神曲』の地獄の有様に連結する。「ステットスン」という男の名で知人の帽子屋かなにかと会話をする。それは昔ローマ人がシシリー島のミーラエでカルタゴ軍を破った海戦に結びつけ、第一次大戦の時にどこかの海戦に出た戦友を暗示する。そういうように現在と過去を結びつけて、それを同一な時の出来事に話をつくり上げ、詩的面白味のある話をつくり出すのである。

※「豊作のための模像の死骸」を埋めるのは豊作神のまつりの形式で、ここでも現実の人間の行為と豊作神の理葬の儀式を連結して面白味を出そうとしている。

要するにこの節では死と豊饒神のテーマをまたくりかえしている。その死骸を埋めるという暗示は現実の世界としては殺人をしてその死骸を地中へかくすことを暗示する。

II　将　棋

※「あの女の……よく考えて……」ここに出ている女は廃頽的な女で子を生まない上流の有閑マダムの感覚的な生活を描いて近代の荒地の一面を示している。しかしそのテーマはやはり死と復活の問題である。「フィロメーラ姫」の伝説は、オヴィッドの中にある話で、昔スラキアの王テレウスは妻プロクネの妹のフィロメーラを凌辱した。その事を妻に知らさないようにフィロメーラの舌を切った。妻はその復讐のために、自分達の子を王に料理して喰べさせる。

このマダムの描写はポウプの詩「髪の強奪」を思わせる。そして女の髪は昔から豊作神の祀りに用いられた。

※「死人が骨を……待ちながら……」そうした近代有閑的夫人の生活と死のテーマを連

結した。この場合ウェブスタの悲劇のものすごい場面と連結している。これも現在と過去を結合して、新しい詩的時間を創作したのである。

※「眼は真珠だった」は『テムペスト』の一幕の二場にあるエアリアルの歌にある言葉である。それをきいたファーディナンド（ナポリの王子）は溺死した父のことを憶い浮べる。これはまた水死のテーマとなる。

※「あなたの頭に何もないのか」は愚劣な人間のことであるが、これも藁人形を憶わせて豊作神の模像に連想がある。

また「ジャズ」は当時流行しだしたので作者はそれも荒地の現象として皮肉をいうのだ。「シェイクスピヒーア」ともじったところに皮肉がある。

※「髪を／さげたままで――」はマクベス夫人の狂乱を思わせる。「戸にノック」も『マクベス』の悲劇を思わせる、これも死を予想するのである。

※「将棋をやりましょう」は原註参照。

※「リルの旦那が……お休みなさい」。この節は、この前の節で上流夫人を取扱ったが、その対照として、下層社会のおかみさん連中が酒場で彼等の生活を語るという仕組に

なっている。これも生殖に関係があり、特に荒地として一つの現象とも考えられる避妊のことが出ている。

※「時間ですお早く願います」は酒場のボーイのいう言葉が、おかみさん連の会話の間にきこえてくる。これが「意識の流れ」式に書く作家の一つの新しいこころみである。

※「お休みなさい――」は『ハムレット』の四幕の五場で、オフィーリアの言葉であり、それは彼女の父の死に連想が出てくる。これも死のテーマとなる。

Ⅲ　火の説教

この章はやはり荒地の世界にある死と生殖のテーマである。ロンドン市より上流に行くと、夏はロンドンの人々の避暑するところであり、またアヴェック連の散策し遊ぶところになっている。

※「河畔にある……われ声高く……」この部分は秋になってからのテムズ河畔の景色を一応描いている。

※「美しのテムズよ——」は有名なスペンサーの結婚歌の折返句である。これは実にうまいエリオットのパロディーの一つである。スペンサーの詩は窈窕《ようちょう》たる結婚歌で美しい妖精を語るのであるが、エリオットの方はそれと正反対に廃頽のタイピストの性生活や性的没落を語る序曲である。この筆法は遠いものを連結するグロテスクな近代詩の特徴である。

※「そうはいうものの……テーレウー」前節と少し場面をかえて、この詩の主人公らしい男が河の土手に腰かけて思い浮べたことを描いている。いつの間にか、その主人公「僕」という自分を伝説の「漁夫王」の心に変化させている。

この「漁夫王」というのは、ウェストン女史の解説によると、この王は聖杯物語の伝説に出てくる不具の王であって、その国は不毛の地であった。不具であることは生殖不能を意味する。そうした王は豊作神の生贄となることを暗示するのである。水とか魚というのも原始宗教では豊作神に関係がある象徴となっている。それからおそらく生贄になる豊作神の一つに「漁夫王」というものを考えたのであろう。後期聖杯物語では漁夫王は、その城を水のほとりにもち、魚を釣るのである。エリオットはこの詩の主人公がロンドンの場末の運河で釣りをすることと漁夫王の釣りすることを混入させて面白くパロディーをやったのである。それからまた複雑なイメージとして「失くなった父の王のことを冥想しながら」という言葉は『テムペスト』一幕二場にあるファーディナンドの言葉を少しもじって使用したのである。次に「わしの難破した兄の王」というのはヴォルフラム・フォン・エッシェンバーハの『パーセファル』の聖杯物語に出てくるトレヴレーゼントという隠者の言葉からとったものらしい。そしてこの隠者の兄は漁夫王であって、その兄のことを言っているのである。

※「ところが今は僕の……テーレウー」までは、主人公は伝説の追憶からはなれ、再びその辺の景色に対して考えたことになる。「今は僕のうしろの方で時々自動車や――」はマーヴェルの詩「はにかむ女へ」の中にある「だが自分のうしろに時の羽のある車が近づいてくる音をいつもきく」という文句をもじったのである。

また「警笛の音がきこえる」もデイの仮面劇『蜂の会議』の中にある神話の場面である獣のことにうまくもじったのである。

※「ポータの細君」という話はオーストラリアの俗謡からもじり、ソーダ水で洗足する

ということは、漁夫王がパーセファルから洗足の儀式を受けたという話から更にもじったもの。その時に寺院の少年唱歌隊の歌がきこえてくるという場面をヴェルレーヌの「パルシファル」の詩でもじったのである。

それはまた荒地の音楽として、変身されたナイチンゲールの鳴き声が混入してくる。

※「ジャッグ、ジャッグ……テーレウー」という夜鶯の鳴き声はリリーの劇『アレグサンダーとキャムパスペ』の中の歌にある。「テーレウー」という音はナイチンゲールの舌を切ったという暴君テーレウスからもじった。

※「空虚の都市……週末はメトロポール……」この憂愁の音楽から再び荒地としてのロンドン市中へもどって来る。

先ずロンドンの商業街のことになる。ここでスミルナから来たギリシア人の貿易商が現われてくる。その名はユーゲニデスで、このギリシア語は紳士とか教育ある人の意である。

この男は第一部に出てくる「片眼の商人」と一致するのである。片眼の男は聖杯物語などにある古代宗教の神秘的な儀式や魔術を知ってそれをひろめる役割もするということになっている。それで第一部にある「この男が背負っている物ですが見ると罰があたる」というその見えないものが神秘な術のことである。しかしエリオットはそれを象徴するために面白く商人としてもじったのである。そして彼は男色であって、この詩の主人公をロンドンの商人がとまる安ホテルに彼をおびき寄せようとした。

※「すみれ色の……蓄音機に……」前節は男色であるが、この節は女色を取扱った。その話はタイピストが処女を失う話である。そしてこの事件を予想しそれを観察し、それを批判する役目として、「わしはティーレシアスといって盲目である」と言うローマ神話に出てくる老人を使った。このティーレシアスのことは「原註」に詳しく出ている。

ティーレシアスはエリオット氏自身の註によると「実はティーレシアスの観察することはすべて、この詩全体の主要部分ともなるのだ」。そうなると、ティーレシアスはエリオット自身であり、またこの節は重要な部分となる。またおそらく作者はこの部分を中心としてこの詩を作り出したのだと思う。そして実際この節はこの詩の中でも面白い部分である。

※「家路を競う時が眼に見える／漁夫が沖からもどる時が」この句はギリシアのレズボスの女詩人サップホーの詩からもじったものである。そしてこの女詩人は女の同性愛の代表者であったと誤解された。英語で Lesbian Love ということは女の同性愛をいう術語になっている。この詩をもじったことはエリオット氏の才能をよく語るもので、実に学者の遊戯として賞すべきところがある。

※「美しい女が浮気をしてから――」はゴールドスミスの歌からであるが、これも作者はうまくもじったものである。

※「蓄音機にレコードをかけるのだ」そしてこの音楽は次の場面をさそい出すのである。

※「この音楽は波にのり……燃える」この節で再びテムズ河のロンドンの風情になる。そして水夫の集まる居酒屋の巣となる。次にテムズ河自身の歴史となり、エリザベス女王の舟遊びとなり、そこで女王の恋愛の何物かを語るのである。

※「アイル・オヴ・ドッグズ区」はテムズ河のロンドンより下流の区の名であるが、その英語は犬の島という意味になる。ところが犬は第一部の終りの方にも出ているが、犬は原始文化では狼とともに植物発生の精として考えられていた（『金枝』七巻

二七一頁以下参照）。また犬はある古代の社会では犬が吠えることは地震よけともなっていた（『金枝』四巻一六六頁）。

※「電車、ほこりの……ララ」までで、テムズ河上で女が処女を失う三つの場合があげてある。ダンテの『神曲』をもじってハイブリに生れた女が、テムズ河の上流にあたるリッチモンドやキューという美しい河畔で罪を犯される話になる（リッチモンドやキューは若い恋人が散歩し舟遊びをするところである）。

次に、ムアゲートの女の事件である。ムアゲートは昔ロンドン市の裏門のあったところである。

その次に、マーゲートの女の事件。マーゲートはテムズ河口から出て、ケント州の東端にあり今日でも漁業の中心である。魚や水は豊作神に関係があるから、エリオットはその町を選んだのだろう。

※「それから我れ……燃える」これはこの章のくくりであって、人間の情欲をいさめる聖オーガスティンの言葉である。「我れカルタゴに来たれり」はこの聖者の『ざんげ録』にある言葉である。仏陀と聖オーガスティンは東西の最大な禁欲主義者である。

この東洋の禁欲主義は第五部「雷神の言葉」をさそうものである。けれども第四部はまず水に関する禁欲主義を述べる。

カルタゴは地中海最大な海の都であったのでエリオットは特にオーガスティンを引き合いに出したのである。

Ⅳ 水死

この短い部は、第一部にある溺死したフィニキアの水夫にあたるものである。そして水死も一つの豊饒の祀りに使われ、その模像の神はアレグザーンドリアでは海へ投げ、また拾い上げて、復活の象徴とした（ウェストン女史の説）。フレバスは若い時は性欲の豊かな奴であったらしいが、水死することによって、豊作神になり、また一方では性欲が清らかにされたものとも考えられる。これはオスカ・ワイルドの『デ・プロファンディス』を思わしめる。

V　雷神の言葉

この部分は『荒地』の最後のもので東洋の禁欲主義文学を紹介することになる。エリオット氏はサンスクリットを学び、梵文学を知っている。この部は『ウパニシャッド』（吠陀《ヴェーダ》聖典の一部でインド哲学の論叢の一つである）を中心にしている。この部は荒地の最後の状態を示している。

※「岩地の苦悩……ここしばらく……」初めキリストの復活を意味し、荒地にキリスト教的社会の成立を希望している。

雷のことは第一部の初めにもあり、それは最後の部の雷と対照となっている。

※「ここは岩ばかりで……だが少しも……」不毛の地の景。

※「君達の傍に……君達の向う側……」この節の中心はキリスト復活後エマオへ行く旅人がキリストを識ることが出来なかった話である（ルカ書二四章）。

※「上空に響く……空虚な」この節はヨーロッパ文明の危機を述べる。

※「或る女は……から歌う声が……」この節は性の廃頽を述べている。第二部にある女の髪の話が再び現われた。

※「山の中の……雨をもってくる」この節の「礼拝堂」というのはウェストン女史の言う「危険堂」と結合されている。「危険堂」というのは騎士が勇気を試すところで、精神修道するための礼拝堂であり、そこは怪物がいるところである。もうそういう礼拝堂は荒地では荒れはてている。なまぐさい風が急に吹いて雨が降る。

※「ガンガ河は……楽しく調子を……」場面がかわって、インドにうつる。この章は『ウパニシャッド』の禁欲主義をのべる。雷がなり雨が降りそうになる。そして雷の神が訓戒をする。

※「コーリオレーナスのような没落」とはキリスト教の見地からダンテもミルトンもいうように人間は人道からも神からも孤立するのが自慢である。この英雄はそのために没落した。しかし人は夜ひとり考えると宗教的になるものだということを言っているのであろう。自己をうまくコントロールすることが出来れば心の幸福が得られる。

※「僕は岸に腰かけて……シャーンティス……」この節では我々はまだ荒地にいるので

ある。そしてこの詩の主人公は漁夫王のように荒地で魚を釣っている。そして荒地に対する自分の決意を示そうとして、色々のことを考えるのである。これは「意識の流れ」として連想に連想がつづいている。「自分の土地だけでも規律をつけてみましょうか」などはヴォルテールの『カンディド』の結語に似ている。「ロンドン橋は落ちそう――」は童謡にある。これはまだ荒地であることを認める、次にダンテの煉獄を思い浮べる。煉獄にいて火で罪を浄化しているのか。いったい、いつになったら春が来て燕のように囀るようになれるのか。今はアキターニア公のように廃墟の塔にいて憂鬱になって、豊饒の土地を憧れている。しかしなんとかそうした希望で、自分の廃墟を支えてきた。

キッドの悲劇『スペインの悲劇』（一名ヒーロニモーはまた気が狂う）の中でヒーロニモーというスペイン王の式部官長が宮中の催しとして芝居を一幕上演することを頼まれたので「それではあなたの仰せの通りにしましょう」と言う。そして彼は芝居を一場上演した。しかし、その機会でこの式部官は殺された自分の息子のホラーショの敵を討ち、最後に自殺する話。さてこの詩の主人公はこの荒地に対する最後の態度をいう言葉として、「そんならあなたのいう通りにしよう」とヒーロニモーの言葉をそのまま使っている。そしてこの『スペインの悲劇』を心に浮べているところである。この「あなたのいう通りにしよう」というのは、雷神の言葉サンスクリットのことであろう。捧げよ、同情せよ、自制せよ、という言葉。「捧げよ」と訳したがこれは「捨てよ」とか「やめよ」という意味だと思う。

ヒーロニモーの上演した芝居の登場人物は各々人の知らない外国語でせりふを言うことにしようとヒーロニモーが指導するところがある。――ラテン語、ギリシア語、イタリア語、フランス語など。

それでそれをもじって、この訓戒の言葉がサンスクリットになっているのだと思う。「シャーンティス」は「平和あれ」という意。したがって訳者もそのままサンスクリットを残しておいた。

参 考 文 献

E. Drew, *T. S. Eliot: The Design of His Poetry*, N. Y., 1949

F. O. Matthiessen, *The Achievement of T. S. Eliot*, 2nd rev. & enlarged ed. N. Y. & London, 1949

B. Rajan, *T. S. Eliot: A Study of His Writings*, Various Hand ed, London, 1949

M. C. Bradbrook, *T. S. Eliot,* London, 1950

Hugh Ross Williamson, *The Poetry of T. S. Eliot*, London, 1932

C. R. Jury, *T. S. Eliot's The Waste Land: Some Annotations*, Worcester, 1932

T. S. Eliot, with introduction and notes by T. Kitamura, *The Waste Land and other Poems*, Kenkyusha, 1940

本書は『荒地』（創元社、一九五二年）を底本とし、再編集したものである。

作品のなかには差別的表現と捉えられかねない語句を含むものもあるが、発表された年代の状況に鑑み、原文通りとした。

著者略歴

T・S・エリオット Thomas Stearns Eliot

詩人、文芸批評家。一八八八年、米国・ミズーリ州に生まれる。ハーバード大学に進学し、哲学を専攻。英国に渡り結婚。同地で創作を行う。一九一七年に第一詩集『プルーフロックとその他の観察』を刊行。二二年には自ら編集を務める雑誌『クライテリオン』で「荒地」を発表する。四八年にノーベル文学賞受賞。六五年没。

訳者略歴

西脇順三郎〈にしわき・じゅんざぶろう〉

詩人、英米学者。一八九四年、新潟県北魚沼郡小千谷町（現在の小千谷市）に生まれる。一九二二年に留学生として渡英、モダニズム文学に接する。二六年に慶應義塾大学文学部教授となる。三三年、三九歳で日本語による最初の詩集『Ambarvalia』を刊行。その他の詩集に『旅人かへらず』『豊饒の女神』など。八二年没。

荒　地

T・S・エリオット著
西脇順三郎訳

二〇二一年一〇月一五日
初版第一刷発行

装釘　鈴木哲生
編集　中村外
印刷　日本ハイコム株式会社
製本　加藤製本株式会社
発行　合同会社土曜社
〒一五〇-〇〇三三
渋谷区猿楽町一一-二〇-三〇一
www.doyosha.com